楽しく百歳、元気のコツ

吉沢久子 著

新日本出版社

はじめに

この一月で百歳を迎えました。ひとり暮らしになって三十四年になります。よく元気で長生きの秘訣を聞かれます。インタビューでもお話ししていますが、さすがに百歳になると、体もいうことをきかないことがふえてきました。それでも、親戚や、友人、まわりの方たちが何かと気にかけて、手伝いにきてくれるので生活ができています。

私がいま幸せを感じて、前向きに生きられるのは、そういう人たちの支えがあってこそと実感しています。同時に、それを当たり前と思わず、最後まで自立した人間として生きたいという気持ちを持ち続けています。

「しんぶん赤旗」日曜版で十七年近く「吉沢久子の四季折々」の連載をつづけてきました。前著『いきいき96歳！　ひとり暮らしの妙味』（新日本出版社）は、それも含めた二〇一四年三月までの掲載文章のなかから四十一編が収録されました。

今回、百歳記念で本にまとめるにあたって、前著以降の「四季折々」とともに、百歳のインタビューや、「風の色」（日曜版、一九九七～九八年）という短いエッセーなども収録しています。また、2章の「また　ごいっしょにランチをね。」は、「しんぶん赤旗」に「学び直しの古典」という素敵なエッセーを連載されていた清川妙（きよかわたえ）さん（二〇一四年十一月死去、享年九十三）への追悼です。

「四季折々」の連載に、いつも楽しい〝きりえ〟で彩りを添えてくださっている飯塚照江さんに感謝いたします。いま連載の担当記者は秋野幸子さんですが、お世話になった歴代の担当者のみなさんにもお礼を申し上げます。

二〇一八年八月

吉沢久子

楽しく百歳、元気のコツ＊目次

3章 風の色（1997〜98年）

◎装丁＝小林真理（スタルカ）
◎カバー・文中写真＝野間あきら（しんぶん赤旗）
◎きりえ＝飯塚照江

1章　百寿歳々（2018年）

心の真ん中にある思い

――心豊かで前向きな暮らしぶりが、多くの人に支持されている、生活評論家の吉沢久子さん。十七年間続く連載エッセー（「しんぶん赤旗」日曜版）も好評です。一月で百歳を迎えた吉沢さんに、これまでのあゆみや、暮らしの中で大切にしてきたことを語ってもらいました。

（秋野幸子記者）

〈夫の古谷綱武（ふるやつなたけ）さんは、三十四年前に亡くなりました。それから、緑に囲まれた東京都内の自宅で一人暮らしを続けています〉

体の方は、だんだんとできないことが増えてきました。ありがたいことに、めいや親戚、友人が私のことを気にかけて、手伝いに来てくれます。

私が今を幸せに生きられるのは、みなさんの支えがあってこそ。夫は生前

「社会（＝人）がうちに来てくれるような雰囲気をつくっておかないといけないよ」と言っていました。その通りだと思います。人とのおつきあいは財産であり、元気のもとです。

でも、人に助けてもらうばかりでは、自分自身の心に負担がかかります。「自立した人間でいたい」というのは、ずっと私の心の真ん中にある思いです。

□■□婚約者は出征

〈吉沢さんは一九一八年、東京生まれ。幼いころに両親が離婚し、母子家庭で育ちました。自立した暮らしの原点は、幼少期にあります〉

母は生活力がない人で、離婚後の暮らしも別れた夫に頼っていました。どういうわけか、そんな姿を見るのが嫌で、子どもの頃から「母のようには、なりたくない。私は仕事をもち、自立したい」と思っていました。

十五歳で高等小学校を卒業すると、事務の仕事につき、親元を離れて一人暮らしを始めました。まだ子どもでしたが、不安よりも解放感が大きかったですね。

当時、女性は参政権もない時代で、仕事の選択肢も多くなかった。私は上司に勧められ、働きながらタイプライターや速記を学びました。そのおかげでフリーの速記者として働けるようになり、その後の人生が広がっていきました。

〈充実した日々を過ごすなか、十代後半から、日本は戦争に突入していきました〉

今でも、当時のことは夢に見ます。夢の中で空襲警報の音を聞き、目を覚ましてしまうこともあります。

焼夷弾（しょういだん）が落ちてくるピカっとした光や音。昼夜を問わず空襲の恐怖にさらされる日々。明日死ぬのは自分かもしれないという暮らしに、疲れ果て、常に不安を抱えていました。

ある夜、乏しい食べ物を持ち寄って、会社の同僚の家で一緒に食事をしました。その日の深夜、焼夷弾が落とされて同僚の家は焼け、彼女は防空壕（ごう）の中で亡くなりました。

私と結婚するはずだった大切な人も、戦争に行ったまま帰ってきませんでした。悲しくても、文句を言うところも、嘆く暇もありませんでした。

戦争で初めて知った飢えも、つらいものでした。最小限の配給さえなく、生き延びるために必死でいろんなことをやりました。庭で野菜を育て、カボチャやサツマイモは茎（くき）も葉っぱも全部食べ、草さえも食べました。

□■□戦前の雰囲気

〈戦争末期の四四年から終戦まで、東京での暮らしを日記につづっていました。その日記を八月十五日に読み返すのが、十五年ほど前から毎年の習慣です。二〇一二年には、一冊の本にまとめて出版しました〉

自衛隊の海外派兵や、憲法九条を変えようとする動きへの危機感がきっかけでした。

戦争中の生活は、思い出すのも嫌でした。でも、安倍晋三首相をはじめ今の政治家たちは、戦争を知らない人がほとんど。戦争体験者として、どれだけつ

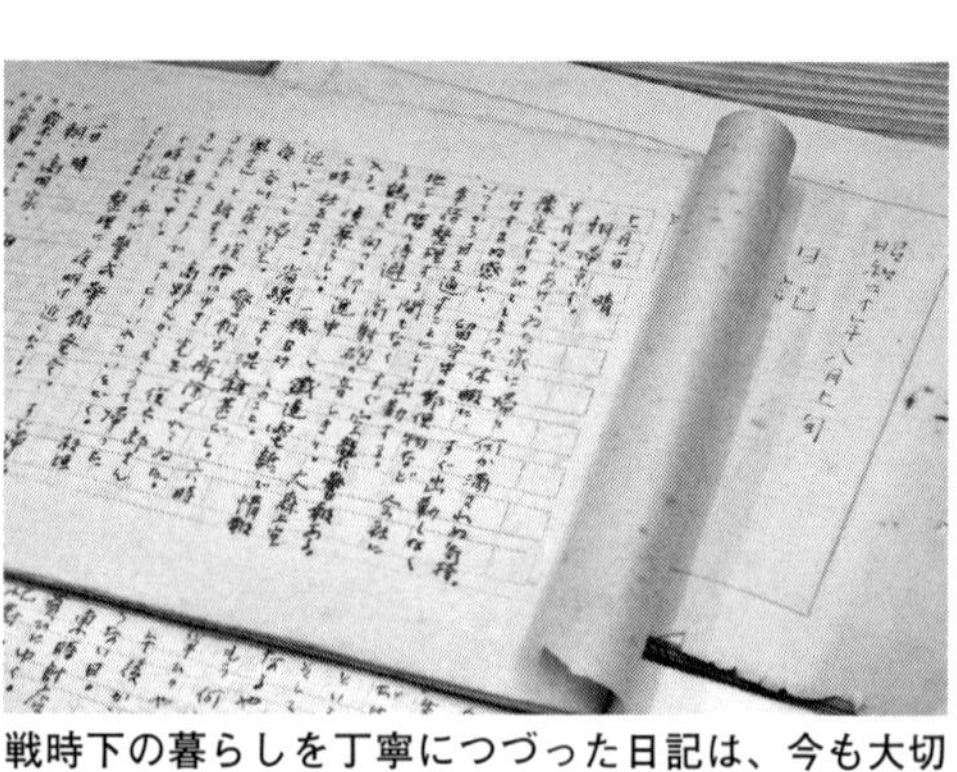
戦時下の暮らしを丁寧につづった日記は、今も大切に保管しています

らい思いをしたかということを伝えていかなければいけないと思うようになったのです。

戦前に「戦争になるんじゃないかしら」と思った嫌な雰囲気を、今、ふっと感じることがあります。

当時の私たちは、盧溝橋事件（一九三七年、日中全面戦争開始）のニュースを聞いても、離れたところで起きている、自分とは無関係なことだと思っていました。でも、気づいたら自分がいる場所も戦地になっていたんです。

戦争中は、怖くて本音が言えなかった。そのことにいら立ったし、悲しかったですね。今は情報もたくさん入ってくるし、ノーと声を上げることもできます。若い人たちには、戦争の事実を知って、反対の声をあげてほしい。絶対に戦争を起こさないでほしい、と強く思います。
私も、限られた自分の持ち時間の中で、声が続く限り戦争の愚かさを伝え、「戦争は嫌だ、憲法9条を守ろう」と訴え続けていきます。

（2018・2・11）

夫は「封建的フェミニスト」

□■□「家事評論家第1号」――仕事に家庭に大忙し

〈戦時中も速記の仕事を続けた吉沢さんは、講演の速記を手伝ったことが縁で、文芸評論家の古谷綱武さんの秘書を務めることに。一九五〇年、三十二歳の時に結婚しました〉

結婚後も夫婦共働きでしたが、私が家事一切を引き受けていました。家事と仕事をうまく両立させるため、効率的にできる方法を常に考えていました。

たとえば拭き掃除のとき、最初に新しい水で雑巾(ぞうきん)を何枚も絞っておいて、一気に雑巾がけをしてからまとめて洗う――という具合です。戦後、物がない時代だったので、少ないおかずの盛り付けを工夫しておいしそうに見せたり、お菓子の箱を台所の壁に打ちつけて調味料を置く棚にしたり。どうすれば暮らしが便利で楽しくなるか、あれこれ考えました。

そんな暮らしの知恵を、新聞社に勤める友人に話したところ、新聞に書いてほしいと頼まれました。連載にあたり、肩書が必要だということで、彼女が「家事評論家」とつけてくれました。自分が便利だと思いついたことが、喜ばれるのはうれしかったですね。

□■□バスで息抜き

〈終戦から五年以上たち、人々の目が暮らしへと向けられるようになったころ。家事の工夫を紹介する人は、まだ他にはいませんでした。吉沢さんは「家事評論家第1号」として活躍の場を広げていきました〉

自宅には、夫のもとへ多くの編集者が出入りしていました。その人たちの食事も私が作っていました。手料理を食べた人に「おいしいので、料理について書いてほしい」と言われ、その後、テレビの料理番組にも出演するようになりました。

評論家だった夫は、表向きは女性の仕事のよき理解者でした。家事は男女で分担し、女性もおおいに社会進出すべき、などと書いていました。

しかし、頭でそう考えていても、実生活は違いました。仕事はしていいと言いつつ、家事は私にまかせきり。夜中でも紅茶が飲みたければ、私が寝ていても平気で「紅茶入れて」と起こされました。そんな夫のことを、「封建的フェミニスト」と名付けていました。

私は外で仕事をこなし、終わればすぐに家に帰り、帽子をかぶったまま台所に立つこともありました。日帰りで行けない仕事は、お断りしていました。

疲れ果て、一人になりたいと思った時は、あてもなく電車やバスに乗り、二~三時間家に帰るのを遅らせました。窓から外の景色を眺めることが、良い気分転換になりました。自分の考えをまとめることもできました。

夫との暮らしを続けるなかで、何でもかんでも生真面目にやらなくていいんだ、ということを学びました。これはちょっと手を抜いても大丈夫、そんなコツがわかってくると、気持ちも少し楽になりました。

□■□「言葉の宝物」

〈忙しい毎日でしたが、仕事を辞めようと思ったことは一度もありません〉

20代のころ（本人提供）

家計の心配もありました。それ以上に「女も働かなければ、自分がやりたいと思ったことができない」と考えていたからです。

わがままで気難しい夫でしたが、女性が働く場の少なかった時代に、「女も仕事を持った方がいい」と言ってくれたのは、ありがたかったです。苦労よりも、ともに暮らして教えられたこと、幸せだったことの方が多かったですよ。

夫は、私にたくさんの「言葉の宝物」を残

してくれました。たとえば、「人の欠点を見つけるのは、簡単で誰でもできる。人の悪い面ではなく、いいところを見なさい」。せっかく縁あって出会った人なのに、短所ばかりに目を向けるのは、もったいないこと。いいところを見つけようと接するほうが、気持ちよく過ごせます。人との付き合いを考えるうえで、いい言葉だと思っています。

（2018・2・18）

悩むなんてもったいない

□■□自由な時間は夫、姑からの贈り物

〈吉沢さんが、四十代のころから老後のモデルにしていた女性がいます。夫の母・光子さんです〉

姑(しゅうとめ)の光子さんは自立心旺盛で、すてきな人でした。私に尊敬できる生き方を見せてくれました。一九六二年、当時七十四歳だった姑が連れ合いに先立たれて一人になり、私たち夫婦と同居を始めました。

外交官の妻として海外で暮らしていた姑は、その語学力を生かして英語教室を始めました。夫と私の提案でした。若い人との交流が刺激になったのでしょう。「英語を学び直したい」と海外へ行ったりもしました。私は、その前向き

な姿勢に強く影響されました。

〈そんな姑が九十三歳のとき、認知症に。吉沢さんは二年半、自宅で介護しました〉

□■□息抜き覚える

当時、私は五十代後半。自宅での介護には昼も夜もなく、一人で抱え込んだ私は体力的にすごくつらかったです。

自慢の姑がこのように変わるのか、と自分の老後を突き付けられた気分でした。家庭に介護の問題が閉じ込められるという世の中の仕組みも強く感じました。

「自分を大事にしないと家族にも優しくなれない」と、息抜きをいろいろ覚えました。できる範囲で仕事を続けていたのも、よかったと思います。仕事で出かけると「私には、こういう世界もあるんだ」と気持ちが救われました。

〈光子さんは、九十六歳で亡くなりました。その三年後、雪の降る寒い日に、

〈夫を病気で亡くしました〉

夫が亡くなった一週間後、どうしても断れない講演があり、大阪へ出張しました。帰りに大雪で新幹線が止まってしまい、とっさに「早く帰って、夫にご飯を食べさせなきゃ！」と思いました。でも「そうだ、帰らなくても、誰にも迷惑をかけないんだ」と気づき、ふわっと自由になった感じがしました。そのときの気持ちは今も忘れられません。

お気に入りの食器を、ペン皿として愛用しています

もちろん、夫と姑を失った悲しみはありました。でも、家族のために忙しく動き回ることから解放され、一日二十四時間が丸ごと自分のものになったからです。二人に対して「できることはやった」という思いもあ

り、この自由な時間は二人がくれたプレゼントだと思いました。

□■□老いて気付く

〈六十六歳から始まった一人暮らし。介護の経験などをもとに、老後の生き方をテーマに発言するようになり、エッセーや講演など仕事の幅が広がっていきました。著書も多数出版し、多くの読者に支持されています〉

みなさんから、よく「前向き」だと言われます。自然にやってきたのですが、そうしなければ生きられなかったのでしょうね。

嫌なことが自分の暮らしにないのかというと、そんなことはありません。つらい思いもたくさんしてきました。でも、そういうことって、人に語ってもしょうがない。愚痴を言ったり、くよくよ悩んだりするのに、残り少ない時間を使うのはもったいないですもの。

老いることは、決して悪いことじゃない。私は年をとって初めて、夕日の美しさに気づきました。真っ赤な夕日が刻々と色を変えていく様子を心ゆくまで楽しむ。一人になるまで、そんな余裕はありませんでした。年をとって「時間もち」になったからこそ味わえる楽しみは、探せばいくらだってあります。「今日を一番いい日にする」ということを、いつも心がけています。過ぎたことは、どうにもならない。同じ生きるなら、一日一日を楽しく生きなければ損でしょう。

いくつ年を重ねても、まだその先には経験してみなければわからないものがある。そう考えると、百歳になった今も、明日が来るのが楽しみです。残された時間、後悔しないように、今日という日を精いっぱい生きることに専念しよう。私はそう思っています。

（２０１８・２・25）

「ありがとう」に満ちた日々

□■□好きな食器で自分をもてなす

「どうしたら吉沢さんのように、百歳まで元気でいられるのですか?」と、よく聞かれます。特別なことは何もしていませんが、しいて挙げれば、食べたい物をバランスよく食べ、くよくよ悩まず、小さな幸せを見つけて日々の暮らしを楽しんできたことでしょうか。

私は、器を集めることが若いときから好きでした。中には高価なものもあり、

割れないようにと、ずっと大切にしまっていました。

でも、あるときふと「私は、あと何回、大好きな食器を使えるのだろうか」と考えました。使って割れてしまうことよりも、使わないまま置いておくほうが、よほどもったいない——。そう考えて、しまい込んでいた食器を取り出し、使うようにしました。

気に入った器を使うと、いつもの食事が、いっそうおいしく感じられます。ありあわせのものですませる時も、好きな食器に盛り付けるだけで、ごちそうに見えるものです。

そんなふうに自分をもてなし、機嫌よく暮らせるように心がけています。

□■□断捨離も考えもの

「片づけ」は生活術の大きなテーマの一つです。たくさんの物があふれて散らかっているより、必要な物がきちんと片づいている方が暮らしやすいもの。私も、あれこれ物をため込むのは好きではありません。けれど、あまり減らし過ぎるのは考えものです。

三十代の頃、仕事と両立するために家事をシンプルにしようと考えたことがあります。夫と一緒に不要な物を処分し、物を持たない生活に挑戦しました。たとえば食器。汁もののカップは一つ、白い皿を各自大小二枚……と最小限に減らし、あとは箱に詰めて物置にしまいました。どの皿を使おうかと迷うことがなくなり、家事の煩雑さが減りました。

でも、どうにも味気ないのです。こういう極端なことをしてはダメだと学び、少しずつ元に戻しました。

戦争時代を生き延びた世代の私は、生活必需品さえ手に入らない過酷な経験をしてきました。そのため、使える物を簡単に捨てることができません。物を処分するときは、心を残しつつ、未練がましく捨てています。それがせめてもの、物への感謝と惜別の気持ちだと思うのです。

物は単なる道具ではありません。好きな物に囲まれて過ごす暮らしは、心を豊かにしてくれます。

□■□幸せ気分を大切に

「ありがとう」という言葉が、私は大好きです。言ってても言われても、心が温かくなります。

私が四十代の時から二十年あまり同居した姑は、よく「ありがとう」を言う人でした。「ごはんができましたよ」「ありがとう」――という具合です。そのたびに私は、とてもうれしい気持ちになりました。親しい間でも、感謝をきちんと言葉にすることは大事だと教えられました。

年をとると、周りの人に助けられることが多くなります。そんなとき、「してもらって当たり前」と思っていると、感謝の言葉が出てきません。人の優しさに触れたとき「ありがとう」と言えるかどうかで、人間関係の豊かさは大きく変わるでしょう。

私の人生は「ありがとう」にあふれた日々だった。そんなふうに振り返ることができたなら、とても幸せなことです。

小さなことにも喜びを感じ、周りの人に感謝しながら、日々「しあわせ気分」を大切にする。そんなふうに、楽しく暮らしていきたいと願っています。

（2018・5・13）

〈食を楽しむ達人・吉沢さんの季節の料理紹介〉

◎グリーンピースの汁かけ

昆布とかつお節の一番だしに、塩としょうゆを加え、ひと煮立ちさせます。さやから出したグリーンピースを入れて、やわらかくなるまで煮ます。汁ごとおわんに盛り、お茶漬けのようにスプーンですくって食べます。

◎新玉ネギ

薄く切った新玉ネギを水にさらしてから皿に盛り付け、かつお節を乗せただけの「新玉ネギのおかかサラダ」。好みでしょうゆをかけて食べます。

また、一番だしに、しょうゆとみりん少々で味をつけ、新玉ネギを丸ごと入れて煮込んだ「新玉ネギの丸ごと煮」も、この季節に食べたくなる一品です。

2章　四季折々の想い（2009〜17年）

生活そのものが作品

――ターシャ・テューダー著『ターシャの庭』

昨年（二〇〇八年）九十二歳で亡くなったアメリカの著名な絵本作家ターシャ・テューダーは、今では日本でもたいへんな有名人だ。私にとって尊敬してやまない女性だが、その人に会ったことはない。出会いは本である。晩年の静かなくらしを紹介する写真集『ターシャの庭』という一冊だった。

ターシャの本は、メディアファクトリーから出版されているものしか知らないが、百冊を超えるという著書の中の、わずかばかりが私の本棚に並んでいる。やっとみつけたスケッチ集などは、遊びにきた幼い子に見せたら、どうしてもほしいと持っていかれてしまった。子どもには私以上に魅力があるのかと思った。

一九三〇年代が一番ぴったりくるというターシャの、アメリカ、バーモント州にある、自然と動物にかこまれた、質素で豊かな生活をこまかく紹介している一冊、ターシャの折々の言葉を集めた一冊、母を語る娘ベサニーの本や、詩人の言葉や古典の詩をターシャが絵で表現したという一冊などなど、ターシャの感性によって引き出された作品が、私の本棚にも増えてきた。机の上にも置いている。

ターシャの絵は素人の私にも、対象に向けるやさしい心がみえるし、美しいものに敏感な目が、こまかいところにそそがれていることが感じられ、とくに子どもや動物にそそがれる目は、一瞬の輝きがとらえられていることを感じる。

私がターシャに惹かれるのは、何よりも実生活に根ざした芸術家であることで、生活そのものが、ターシャという人の作品だということだろうか。とにかく、すばらしい女性である。

結婚も離婚も経験、四人の子どもを生み育て、これだけ自由に働いて、九十歳を過ぎても、まだ夢を持って生きた女性は「死さえ怖いとは思いません。つまり、人生に悔いがないということなのでしょうね」と、あたりまえのように言い切っている。「思うとおりに歩めばいいのよ」ターシャ・テューダーの言葉から。

〔書架散策「しんぶん赤旗」二〇〇九年三月一日付〕
（2009・3・1）

暑い時はなまけることも

これからの季節は暑さにまいって疲れが出やすいものです。バランスよく食べることと、しっかり寝ることを大切にしたいですね。

私は、そうめんなどめん類が好きで、卵焼きやシイタケの煮物、ハム、レタスやキャベツを細く刻んで酢としょうゆであえたものなどをたっぷり混ぜていただきます。酸味があると、暑いときでも食べやすいものです。

今はまっているのが、いり豆腐です。やわらかく煮たカンピョウと鶏のひき

肉、小ネギなどを細かく刻み、ゴマ油でいためます。そこに、お豆腐一丁と卵三個を加えます。味付けはしょうゆと砂糖で少し甘めに。ごはんに乗せて食べると、おいしいですよ。

二カ月ほど前、胸のあたりが痛くなり、病院で検査を受けました。気の合う先生に「老化現象ですよ」と言われて「私もそう思います」なんて、二人で大笑いしました。

先生に「もう九十歳を過ぎていることだし、高血圧の薬をやめてみますか?」と言われてやめたら、血圧が下がったので驚きました。

うれしかったのが、グレープフルーツが食べられるようになったこと! 薬が効きすぎるからと二十年くらい我慢してきたんです。毎日食べています。

暑くて食欲がないときは、好きなものをたっぷり食べるのもいいんじゃないかしら。バランスは大切ですが、毎食きっちりできなくても、一日のトータルでみればいいのです。

暑いときは、なまけるのも大事なこと。家の中で涼しい場所を見つけて、お昼寝をしたり、ぼんやりしたりする時間は、決してムダではありません。次の行動のための気力、体力を蓄えるのに必要なのだと思います。

（2014・6・29）

食べることが生きる力に

秋になると心も体もほっとします。果物や野菜、サンマ……と季節の味を楽しみながら、栄養をつけて、体をいたわりたいものです。

夏疲れが終わって食欲を取り戻すこの時季。私は「菊日和」と呼んでいます。古くから薬にもされてきた菊は、眺めるのもいいけれども、食用にして、おおいに利用しませんか。

私が好きなのは新潟の「かきのもと」。うす紫色の菊です。お酢を入れた熱湯でさっとゆでた菊を、千切りにした梨やキュウリとゴマ酢あえにします。洗って干した菊と氷砂糖を焼酎に漬けた「菊酒」も作ります。「風邪(かぜ)をひいたかな」と思ったら、熱いお湯で割って飲むと、体が温まって、翌朝は気持ちよく目が覚めます。

毎日の生活、ほとんど外には出ませんから単調といえば単調ですが、「今日は何を作って食べようか」とあれこれ考えながら、季節を感じるのも楽しい。食べることは、生きる力になるものです。

十月は、仕事や暮らしの形が切り替わるときでもあります。私の若い知人が「夫が長野に単身赴任になり、行ってきました」と、名産のアンズのお菓子を送ってくれました。まだ小さいお子さんがいるのに大変ね……と、いろいろ考えさせられました。

そんなとき、ある新聞で夫婦の家事分担を考える特集記事を見ました。見出しに「男も皿洗い」とあったので、「自分が食べて汚したものを洗うのは当たり前。それを『男も』なんて、そういう書き方からしておかしいのよね。皿洗いは女の仕事だと思っているということじゃない」と、頭にきてしまいました。

安倍首相は「女性の活躍」をうたい文句にし、管理職に占める女性の割合を三〇％まで高める――なんて言っているようだけれども、生活というのはきれいごとじゃない。若い人が働きながら子育てできる環境をつぶしてきたのが、いままでの政治でしょう。家の責任というのを男女両方で果たさないと、女は外で安心して働けませんよ。そのためにも、もっと職場を働きやすくしたり、保育園を増やしたりすることを考えなきゃ。

家事というのは、楽しんでやれば癒やしになるものです。

わが家に、おいの家族九人が遊びに来たとき、三人の若いパパたちが、食事の準備や後片付けで、よく働いてくれたんです。やり方もうまくて、今の若い人は幸せだと思いながら、ほれぼれと見てしまいました。

私の夫は明治生まれで、家のことは何もしない人でした。私は「家事は女がするもの」という時代を、仕事を続けながら生きてきて、両立することがいかに大変かというのが身にしみています。疲れて家に帰り、帽子をかぶったまま台所に立ったりもしていました。

それでも、おいもがおいしそうに煮えてくればうれしいし、夫や姑が「おいしい」と言えば、「そうですか」なんて言いながら心の中で喜んで、疲れも忘れることができた。「食べること」を大切にしてきたのが、体にも精神的にも良かったのだと思います。食いしん坊だったおかげですね。


（2014・10・12）

女の昔に思いはせ針供養

二月は、一年で一番寒さが厳しい時季。朝、起きるのがつらいですね。同時に、春の足音が聞こえてくる季節でもあります。

少し暖かい日があると、庭にフキノトウを探しに出ます。日当たりの良いところに、ひょっこり頭を出しているのを見つけると、うれしくなりますね。

この時季、私の朝食には週に何度も牛乳がゆが登場します。他にも、塩で味をつけたおかゆに卵を入れ、フキノトウのみじん切りをちょっと散らして。

「今朝は、あのおかゆを食べよう」と思うと、冬の朝も楽しくなるのです。

家の中では、小さなプランターで野菜を育てています。今は、小松菜と水菜。自家製の腐葉土に種をびっしりとまいて、出てきた葉を間引きしながら食べます。そんな楽しみを味わいながら、寒さに耐えて冬をやりすごしています。


二月八日は針供養の日。折れた針を豆腐やもちなどに刺して供養する日です。そういう日に、女性のおかれてきた境遇を振り返ってみるのはどうでしょう。

時代をさかのぼれば、衣類は布を織ることから女の仕事でした。料理も掃除も洗濯も手仕事で、それらを終えて家族が寝静まったあと、夜なべをして家族の着物をまかなっていました。

「女は、女は」と言われ、黙って耐えてきた時代。決して遠い昔のことじゃないのよね。七十年前まで女には選挙権がなく、一人前扱いされなかった。私も以前は投票できず、戦後になって初めて投票したときは、ものすごくありがたいと思いました。

女たちが声をあげ、少しずつ自由と権利を勝ち取ってきた。しかし今も、まだまだ十分とは言えない。そういうことを、考える日にできるといいですね。

一月二十一日で九十七歳になりました。この年になっても一人で暮らせることを、ありがたいと思っています。体のあちらこちらに痛いところや不都合なところは出てきますが、それは仕方がないこと。上手につきあっていくしかないですね。

一人暮らしとなった六十五歳からは、あまり無理しないことも心がけてきました。それまでは仕事と家事と、五十代後半からは姑の介護もする、忙しく懸命な毎日でした。ずいぶん無理もしました。今は思い残すこともなく、一人の自由を楽しんでいます。さみしさよりも、「自分の人生が始まった」という感じです。

私は、人のお話を聞くのも、庭を見るのも、おいしいものを食べるのも大好きです。本で調べたり、人に尋ねたり、おいしいものは「どうやって作るのかしら」と考えたり。こんなふうに何でもおもしろいと思うようになったのは、七十歳くらいからだったでしょうか。

年をとって、しかめっ面をして生きるより、ニコニコして過ごすほうが、ずっと愉快。そんなふうにして、これからも暮らしていきたいと思います。

（2015・2・8）

休養も大切にして工夫力

梅雨の季節です。じめじめと蒸し暑い日が続くと、だるくて何もする気になれなかったりします。そんなときは、思い切って休むことも大切だと思います。

私自身、今年に入ってから体力がどっと落ちて、それと同時に気力がなくなって、立ち上がるのも嫌になった時期がありました。四十六年間続けている新聞の連載も、三カ月ほど休ませてもらいました。家にひきこもり、横になってあれこれ考えながら、のんびりと静養しました。

そういう時間が、自分へのごほうびになったのでしょう。そのうち、少しずつ気力が戻ってきました。新聞の読者の方が、心配したり、「早く再開して」

と言ってくださったりして、「こうしちゃいられない」と、四月から連載を一週おきに再開しました。

働いている人や家族がいる人は、なかなかそういうわけにはいかないかもしれませんね。それでも仕事やつきあいを減らして体と心を休めることは、とても大切なことだと思うのです。

今の私は、足が痛かったり、ちょっと動くと苦しくなったりする。生活能力の低下が速くなり、できなくなることが何と多いことかと思います。自分でできることは工夫して自分でやりますが、できないことは、人に頼ることも大切です。

今まで「介護保険を使わない幸せ」

ということを言ってきました。でも、もう九十七歳だし、必要なときは使わせてもらおうと思い、初めて申請をしました。

訪問調査では「食事は自分でできますか」「爪は自分で切れますか」などと聞かれます。「はい、できます」と答えていたら、一緒にいためいが「こりゃ、だめだ」と笑っていました。なんでも「できます」では、利用できませんからね。結果は要支援2でした。まだ頼んではいませんが、いざとなったらお願いしようと思っています。

それにしても、お役所の考えは、なるべく介護保険を使わせないようにという感じでしょう。冗談じゃない。必要なサービスを十分に使えるようにしてほしいものです。

一人で暮らしていて、肉体的に不自由なところはいっぱいあります。重いものが運べなかったり、台所仕事をしながらよろけてしまったり。自分で料理するのをやめて、買ってきた物ですませることもあります。でも、残された力を活用する工夫力を大切にしたい。それが、今日持っている力を明日に持ちつづけることにつながると思うのです。

今は、仕事も暮らし方も、ゆっくりゆっくりです。そうすると、いろいろなものがよく見えることに気づきました。同じ生きるなら明るく生きたほうがいい。失ったものをくよくよ考えるより、残されたものを大切にするほうがいい。そんな生き方を覚えたのは三十年ほど前です。それからの私は、本当に暮らしを楽しめるようになりました。

これからの持ち時間も、からだの衰えと上手につきあい、ゆっくりとものを見て考えながら、明るく過ごしたいと思います。

（２０１５・５・31）

また　ごいっしょにランチをね。

清川妙（きよかわたえ）さんとのおつきあいは、それ以前にはじまっていたものの、お互いに、心の奥にあるものをふっと感じ合えるようなおつきあいはなかった。

たまたま、小学館から出版された清川さんの『万葉　花語り』を出版社から寄贈された私は、読み出したらやめられなくなり、すぐ一冊を読んでしまった。花にまつわる歌の一首ずつに、ていねいな筆者の解説が実にたのしかった。当時、私は夫のはじめた勉強会で日本の古代史についてさる大学の御専門の先生にお話をうかがっていたので、清川さんの歌の解説がとても面白く、素直に私の心にひびいた。とくに、人麻呂の

み熊野の浦の浜木綿(はまゆう)百重(ももえ)なす
心は思(も)へど　直(ただ)に逢(あ)はぬかも

この一首への清川さんの解説は、私には何か特別の思い入れがあるように感じられたのだった。ちょうど私も勉強会のお仲間と、熊野のあたりを旅し、浜木綿を見てきたばかりのときでもあったので、よけい心ひかれる思いがこちらにもあったのかもしれない。

宮廷歌人であった人麻呂が、持統(じとう)四年の九月、紀伊行幸に供奉(ぐぶ)したときの作と書かれているこの一首、季節は浜木綿の盛りのとき、夜ひらくこの白い花は、供奉している男たちに、都に残してきた妻や恋人のことを思い出させたにちがいない、と清川さんは書いている。「そして、ゆっくりと歌いあげた人麻呂が、しばらく目を閉じて、見開いたとき、持統天皇の感動に耐えておられるお姿を見た。彼は瞬時に女帝の心のうちを見た。前年、女帝は最愛の草壁皇子(くさかべのみこ)を亡くしていた。現(うつ)し世の恋の歌だけではない。幽明、境を異にする人への切ない挽歌にもなったことを知った」と、清川さんは、まるでその宴の席にいて、すべてを見ていたように、そして人麻呂の心の中にまで入りこんだような書き方をされていた。

ふっと、読みながら思ったのは、これを書かれているとき、御自身の息子さんを偲ぶ思いがいっぱいになって、感動をそのまま書かれたのだと、私はまた勝手に考えた。

そんな気持ちを手紙にして清川さんに送った。清川さんからすぐお返事をいただいた。そして何年かがすぎた。

思いがけなく、さる出版社から二人の往復書簡をという企画を出していただき、書いているうちに三冊にもなった。そんなことから、打ち合わせで頻繁にお会いするようになり、ただ紅茶をのんでおしゃべりをするより、食事しながらはどうかしらという話が出て、出版社の方も一人ぐらしときいていたので、三人でランチをたべながらの打ち合わせということになった。特別のものをたべるというのではなく、ふつうの食事をたのしく三人で、ということ。場所をさがすのは当番で交代にということになった。清川さんは「私は浮気はしないで、よくわかってくれる人にお願いをするわ」と、山の上ホテルで毎回、趣向をかえておいしいものを用意して下さった。無理のない、ランチの会は「くいしん坊の会」と名づけ、仕事が終わっても、ときどき集まってはランチを共にした。

おしゃれで美しかった清川さんは、いつも地味なものばかりを身につけている私に、

「スカーフ一枚、華やかなものをお使いになると、明るい感じになるのに」

とすすめてくれていた。

そのうち、いっしょにスカーフを見に、清川さんお気にいりの店にいく約束をしていたのに、果たさないうちにお別れになってしまった。

仕事上の手紙のときは長い手紙を書いていたけれど、私たちの私信はいつもはがきだった。私は字が大きかったり、書くことをきちんと言葉を考えず書きはじめては、最後の方が小さな字になってしまったり、はみ出してしまったり、みっともないことが多くて、はずかしいものになってしまうのが常だった。は

ずかしいと思う理由は、清川さんのはがきは、いつも、ぴたりと文字が納まっていて、立派だった。

お互い、別々の仕事をしてきたし、性格もちがっていたけれど「八十歳になってからもお友達はできるのね」と、いくどか話し合ったほど、いいおつきあいだった。

それは同じ時代を生きた、女性がものを書くことを仕事してきたための、きびしさや喜びを知っていたからかもしれないと思う。

清川さん、私も間もなくそちらの世界のお仲間になると思います。また、おめにかかれる日を、と思っています。

〔清川妙『楽しき日々に――学び直しの古典　参』新日本出版社所収〕

（2015・5・15）

入院も面白がらなきゃ

先日、送っていただいた野菜の中にころっと一つホオズキが入っていました。季節を感じるこうした心遣いは、うれしいですね。

徳島からのはがきにはスダチのことが書いてありました。これからの季節、白菜のお漬けものなど、何にかけてもおいしいですね。たくさんいただいたときは搾り汁を冷凍しておきます。皮は焼酎につけておいて、化粧水のように手につける。そんなふうに季節のものを楽しんでいます。

少し前から胸が息苦しくて、おしゃべりがあまり続かないとか、歩くとすぐに息が切れるとか、そんな不調を感じていました。かかりつけのお医者さんにみてもらっても原因がわからず、近くの病院に検査入院をしました。

初めての入院。看護師さんの仕事ぶりを見たり、病院食ってどんなものかを観察したり、私なりに楽しむことは忘れませんでした。

夜眠れないときは、窓から外を見ていました。私は夜遅くに外出することがないので、夜中の街が興味深くて。布団の上で「あー眠れない」とイライラするより、断然いいでしょう。

だって、面白がらなきゃ損ですもの。入院や検査なんて、つらいものです。食事も制限がある。何が悪かったのかしら……とか、そんなことを考えていたら気分が落ち込んでしまいます。

病気に負けないためには「入院しても病人にはならない」つもりで、前向きに考えたいと思うのです。

医学博士で「脳の学校」代表の加藤俊徳（としのり）先生によると、物事を前向きにとらえるのは、脳にとって大切なことだそうです。

加藤先生がお書きになった『家事で脳トレ65』（主婦の友社）という本には「家事は、やり方しだいで脳トレになる」ということが紹介されています。料理や掃除などの家事を、ひと手間かけて、やり方を変えながら楽しくすることで、脳を生き生きさせる効果があるそうです。

「家事」なんていうと、ばかにする男性もいますでしょう。家事を加藤先生のように評価してもらえるのは、ありがたいことです。

考えてみたら、家事って計画や段取りが大事ですものね。料理なら、うちに何の食材があるか、お店で何を買うか、それらをあわせて何を作るか献立を決めて、作る順番を考えて……。そういう作業が脳に刺激を与えているのですね。

加藤先生には六年前、九十一歳のときに、私の頭の中の画像をＭＲＩ（磁気共鳴画像装置）で撮っていただきました。そのときも「若々しい脳だ」と驚かれたのですが、昨年、再びＭＲＩを撮ると、脳がさらに成長していたのです。

朝、目が覚めると「さあ今日は何を食べよう」とワクワクする。毎日の献立を整えて、家にある食材が悪くならないうちに食べきる。ひとりの食事でも、盛りつけや器選びに手を抜かない。好奇心を忘れず、新鮮な感動や驚きを大切にする――。そうした私の暮らし方が脳の良いトレーニングになっていると聞いて、うれしくなりました。

これからも、日々の生活を楽しみながら、前向きに、丁寧に、暮らしていきたいと思っています。


（２０１５・８・30）

戦時下の日記をいま読み返す――飢えと空襲、私も戦場にいた

――心豊かで前向きな暮らしぶりが、多くの人に支持されている生活評論家の吉沢久子さん。自らの体験をもとに、戦争法案は「絶対に許せない。二度と戦争はいやです」と訴えます。

（秋野幸子記者）

世の中の動きがきなくさくなってきたからか、寝ているときに空襲警報が鳴る夢を見て、驚いて目を覚ますようになりました。七十年以上たっても、恐怖心を覚えているんですね。

戦後七十年の今年、今までで一番多くの取材を受けました。夏に検査入院をしたばかりで、多少の無理はしましたが、今こそ伝えなければ、という思いで話させていただきました。

〈戦争中に十代から二十代の時期を過ごしました。助手をしていた文芸評論家の古谷綱武氏（後の夫）に頼まれ、戦争末期の一九四四年十一月から終戦（四五年八月十五日）の翌月まで、東京での暮らしを日記につけていました〉

□■□明日も見えない

戦争中は、だれもが生きることに精いっぱいで、明日どうなるかさえわからない毎日でした。ひもじさと昼夜を問わない空襲に、疲れ果て、いら立っていました。

戦争で初めて飢えというものを知りました。最小限の配給さえなく、自分でなんとかするしかない。カボチャやサツマイモは茎も葉っぱも全部食べ、お茶がらも、庭の草さえも食べました。

〈四五年五月の日記には「夜9時警戒警報。すぐ空襲警報になる。外に出たらまっすぐ頭上に見える一機が火を噴いて落ちてきた。次々に山梨方面から来るB29らしき機体が、頭上のあたりで爆弾を落とし始めた」と記されています〉

日常生活に入ってきた空襲は、常に人を不安にさせ、投げやりにさせました。一緒に夕飯を食べた友人が、その日の深夜、焼夷弾で亡くなってしまったこともありました。

女は「銃後を守れ」と言われたけれども、ごはんを炊いたり赤ちゃんのおむつを洗ったりする一人ひとりの暮らしに戦争が入りこんできて、「自分も戦場にいるのだ」と実感させられる日々でした。

赤紙一枚で夫や息子や兄弟が引っ張られていく。大切な人を失っても、生活は何も保障してもらえない。どんな命令にも従うしかない。戦争とは、そういうものです。

戦争中の生活は思い出すのもいやでしたが、十二年ほど前から毎年八月十五日に自分の日記を読み返しています。自衛隊の海外派兵や、憲法九条を変えようとする動きへの危機感がきっかけでした。

戦争を知らない人が多くなりました。安倍（晋三）首相だって戦争の実態を知らない。本当にひどい目にあった人間は、簡単に戦争に参加しようとは考えないと思います。過去をよく知ってほしい。過酷な生活を強いられた日々や、亡くなっていった人たちのことを伝えるのは、私の義務だと思っています。

〈終戦の日は街頭で玉音放送を聞きました〉

□■□初めての参政権

やっと終わったという喜びと同時に、私は一体何をやってきたんだろう、この戦争は何だったんだろうと、涙が出てきました。結婚するはずだった大切な人も、戦争に奪われてしまったのですから。

戦後、二度と戦争はしないと誓った憲法を初めて知ったときは、うれしかった。女性にも参政権が与えられ、初めての選挙は、本当に踊るような気持ちで投票所に行きました。

〈政府が違憲の戦争法案を強行しようとすることに、強い憤りを感じています〉

今、これだけ反対の運動が広がっているのに、なぜ強引に進めなければいけないのですか。憲法がくつがえされるようなことは、本当にいやです。

同時に、全国各地で若い人や子どもを連れたお母さんなどがたくさん集まり、「戦争反対」の声を上げていることを、とてもうれしく思っています。

戦争中は、自宅でも怖くて本音が言えなかった。女性は選挙権もなく、何か意見を言えるような立場ではありませんでした。

私は今、発言できる機会には必ず「戦争はいやです」と言っています。どんな事情があっても、二度と戦争はいやです。

今年も八月十五日は日記を読み、すいとんを作って食べました。戦争は、私たちのごく普通の生活にある、ささやかな幸せさえ奪ってしまいます。限られた私の持ち時間、声が続く限り、戦争の愚かさと「戦争はいやだ」の思いを、訴え続けていきます。


（2015・9・13）

花、野菜、魚、旬の楽しみ

この季節、晴れて日差しが暖かい日は、「まさに小春日和だなぁ」と、うれしくなります。暮れの支度で忙しくなる時期ですが、そんな日は、せっかくの小春日和を楽しみたいものです。健康を気づかいながら、しばし、のんびりするのもいいいんじゃないかしら。

毎年、冬になると、知人に房総まで水仙を買いに行ってもらいます。とっても香りがいいので、たくさん買ってきてもらって、部屋に飾ったり、人に贈っ

たりして楽しんでいます。

昨年（二〇一四年）お亡くなりになった作家の清川妙先生は、水仙が大好きでした。同じ年代の一人暮らし同士、親しい気持ちで話し合える大切な友人でした。水仙も、よく贈ったものです。こんなことも、大切な思い出の一つになっています。

それぞれの季節を味わうことは、四季のある日本に暮らす私たちの喜び。そう思って、ささやかな身の回りにあるものを、楽しむようにしています。

季節を教えてくれるのは花ばかりではなく、野菜や魚もそうですね。私は、旬のものを味わう幸せは、大げさなくらいに表します。

魚で好きなのはカマス。自分で干物にして味わいます。開いて、お酒と塩を振り、ザルに並べて一日干しておくだけで、すごくおいしくなります。アジやイワシもそうやって干物にするとおいしいですよ。

ホウレンソウやレンコン、大根、カブなど、いい野菜も出そろいますね。鍋物がおいしい季節。「わが家の鍋」を作って、楽しむのもいいですね。私の場合は、はりはり鍋です。お酒とだしを半々に入れた鍋に、薄く切った牛肉と水菜をしゃぶしゃぶのように振り入れて食べるのが好きです。

水菜といえば、塩を振って少しもんで、しんなりしてから塩水につけておくと、淡い味の塩漬けができます。それを細かく刻んで七味唐辛子を入れたものを、熱いごはんに乗せて食べるのもおいしい。私は、おつけものが大好きですが、一人暮らしだと、たくさん作っても残ってしまいます。だから今は、季節の菜っ葉をほんの少し漬けて、味わっています。

師走になると大掃除のことが気になりだしますね。

私も以前は一気に大掃除をしていましたが、今はもうできません。年をとれば、昔のように家事をこなせなくなるのも当たり前。無理をすると、お正月にどっと疲れてしまいます。

だから、大掃除じゃなくて、毎日少しずつの掃除に切り替えました。たとえば台所の食器棚なら、一段ずつ掃除をする。三十分もあればきれいになります。一日のうちで、そんな時間を少しとって、気になるところを掃除する。自分の体と相談しながら、毎日の家事の中に組み込むのがいいんじゃないかしら。大変だと続かなくなりますしね。

お正月は、子どもたちが年寄りのうちに集まってくるものです。楽しいと同時に、結構くたびれちゃうもの。だから年末は、お正月にそなえて、体を養っておくことも大切だなぁなんて思います。

（２０１５・11・29）

一日一日を楽しみ上手に

　春を迎える楽しさというのは、人を生き生きさせてくれるものです。寒い冬が終わり、命がもえ出す季節。気分を明るくしてくれる小さな春を、あちこちに見つけてみませんか。

　私は、あまり外に出かけることはなくなりました。それでも家の中から「オドリコソウが昨日よりきれいな色をしているな」と、庭の草花をちょっと見るだけで楽しいものです。近所の子どもさんが、腕まくりをしてお父さんと花を植えている、そんな姿を見ても、ああ春だなぁと思います。

山に行ったり、特別に出かけたりしなくても、道端にちょっと目を向けるだけで、ヨモギやハコベ、イヌフグリなど、春の訪れを見つけることができます。

わが家の庭には、シジュウカラなどの小鳥が年中やって来ます。毎日エサをあげるのも楽しいものです。

以前、庭に巣箱を置いたのですが、なかなか入ってくれない。そうしたら、巣箱を作ったおいが、「こんなにいい条件の家なのに、ちっとも来ないね。看板でもかけようかね」なんて言うんです。「駅に近くて、家賃タダ。いつでも空いてます」って。二人で大笑いしました。

生きていると、いやなこともいろいろあります。けれども、それで悩んだ

り、気分がふさいだりしていては、つまらない。楽しいことを自分で見つけて暮らすというのも、一種の才能だと思います。私の周りには、それが上手な人がたくさんいるので、おもしろいですよ。

一月で九十八歳になりました。百年近く使っている体なのだから、思うように動かなくなり、あちこち痛くなっても当然だと思って、老いを受け入れ、自分の体と付き合っています。

年をとってからの人生を楽しめるかどうかは、自分次第だと思います。楽しく生きても、クヨクヨ生きても同じ一日なら、楽しく生きたほうがいいじゃありませんか。つまらなく見えたことも、自分が「楽しい」と思ったときから、「楽しいこと」に変わるのです。

世の中には、楽しいことがたくさんあります。でもそれは、楽しみ上手な人にとっては、という話です。いつもマイナス思考で不満いっぱいの人は、自分のすぐそばにある楽しいことに気づけずにいます。それはとても、もったいないことだと思います。

私は朝、目が覚めると、「さあ、今日は何を食べようかな」とワクワクします。食べるのが楽しみだから、一日の始まりがうれしいのです。

今日を一番丁寧に生き、一番いい日にする。そうして日々を積み重ねていけば、それはいい一生になるでしょう。そう思うと、明日を生きるのが楽しみになります。一日一日を楽しみながら年を重ねることで、人生はもっと豊かで、もっと安らかなものになっていくのではないでしょうか。

（2016・3・13）

スルメイカで塩辛作り

六月は衣替えの季節ですね。夏服に着替えて身も心も軽くなるとき。同時に、うっとうしい雨の季節でもあります。

雨が降ると、子どもは喜んで水たまりの中を跳びはねたり、傘を振り回したりしますすね。靴や服を汚して帰ってくると、お母さんはつい叱ってしまうこともあります。そんなとき、せめておばあちゃんやおじいちゃんは「元気でいいわね～」と、おおらかに受け止めたいですね。

梅雨の時季、雨で外に出られないときも、家の中でできるお楽しみの仕事があると、憂うつな気分を吹き飛ばせます。

おすすめしたいのが、旬のスルメイカを使った塩辛づくりです。「市販のものは塩辛すぎる」という人も、自分で作れば、好みの味にできます。梅干しや梅酒づくりなど梅仕事も、この時季ならではの楽しみです。季節の果物を食べるのもうれしいものです。ビワやサクランボなど値段は高いけれど、たまには、ささやかなぜいたくをして旬の味を楽しみたいですね。

読者の方から「夫を亡くした悲しみから、なかなか立ち直れない」というお便りをいただきました。

百年近く生きてきた私も大切な人をたくさん見送ってきました。親しい人に先立たれた悲しみを乗り越えるのは、簡単なことではありません。周りがどんなに背中を押しても、本人が何とかしようと思わない限り、立ち直ることはできないものです。

家族を亡くす以外にも、進学や結婚などで子どもが自分のそばから離れていく寂しさもあるでしょう。

ただ、残された者にも生活があり、いつまでも泣き暮らすわけにはいきません。そしてせっかくなら、つらい、寂しいと嘆きながら生きるより、どこかで区切りをつけて、新しく始まった一人の生活をどう楽しむか、前向きに考える方がいいと思いませんか。

そういう私も夫が亡くなったときはショックで、食べることが好きな私が料理をする気にさえなりませんでした。でも、あるとき外で好物の柿の白あえを食べたら、本当においしくて「ああ、もっと食べたい」と思いました。それで自分で作ろうと台所に立ったら、体が軽くなり、心も軽くなったようでした。「今の一人の時間は、夫や姑が私に『今までご苦労さん』と手渡してくれた贈り物なのだ。だったら悲しむばかりではなく、毎日を充実させて、仕事も一生懸命して生きなくちゃ」と思えるようになったのです。

一人になれば、それまで家族のために費やした時間も、すべて自分のものです。自分が食べたいものを作ればいいし、食事の用意が面倒なら、外でおいしいものを食べてもいい。

自由と孤独は紙一重で、自分をどちら側に置くのかは、自分自身にかかっています。大切な自分の持ち時間は、自分のために、できるだけ幸せに過ごしたい。物事の良い面を見つけられる自分でいられるように、私もいつまでも前向きな心を忘れないようにしたいと思っています。

（2016・6・12）

工夫で楽しく「刻み漬け」

実りの秋です。新米がおいしい季節ですね。

私は硬いものが食べられなくなりましたが、好きなお漬物は食べたい。そこで考えたのが「刻み漬け」です。大根やナス、キュウリなど、何でも細かく刻んで塩で漬けます。ショウガやスダチの汁を入れてもいいし、刻んだ赤ジソを混ぜるとしば漬け風になります。

足が悪くて外に出られないので、これからの季節はプランターに春菊や小松菜、水菜の種をまいて、家の中の日当たりの良い場所に置きます。出てきた葉を、間引きして食べます。

年をとると、できなくなることが増えますが、工夫して、暮らしの楽しみを見つけたいものです。

五十代後半から二年半ほど、認知症の義母を介護しました。約四十年前、認知症という言葉もなかった時代です。どうすればいいのか戸惑いながらの介護でした。

毎日「○○を盗まれた」と私のところに「盗難届」を持ってきました。「うちには泥棒はいないですから安心してください」と話していたのですが、専門家に聞くと「それは、まずかったね。『一緒に捜しましょう』と言えば安心するんですよ」と言われました。

ご近所付き合いが長い詩人の谷川俊太郎さんも、同じ時期にお母さんの介護をされていました。俊太郎さんが書いた絵本『おばあちゃん』は、認知症の祖母を見た孫が「おばあちゃんは宇宙人になった」と考える話。それを読んで「そうか、宇宙人になったと思えば、何を言われても『そうですね』と受け流せる」と、気持ちが楽になりました。

それでも、昼も夜もなく介護に明け暮れていると、どんどん追い詰められました。疲れ果て、半日だけ親戚の女性に留守を頼んで、横浜まで行ったことがありました。海をながめたあと喫茶店でコーヒーを飲んで、一人の時間を過ごしました。すると帰りには「おばあちゃんが好きなシューマイを買って帰ろう」と、優しい気持ちになれました。

路線バスに乗って二～三時間出かけたこともありました。一人になって普段と違う景色を見ていると、ふっと心が救われる。そういう時間が必要です。自分を大事にしないと、親も大事にはできません。

認知症の予防には手も足も頭も使うことが大切だそうです。毎日の家事を工夫することや、人と話すことには、脳を生き生きさせる効果があると聞きました。

逆に良くないのが、家でだれとも話さず孤立すること。昔なら縁側があって、通りかかった人と会話することもできましたが、今はそういうわけにもいきません。外に出られなくても人が来てくれる、風通しの良い家にすることを、早くから考えておきたいですね。

「家の中が散らかっているから、人に見せるのはいや」「良いお茶菓子が出せないから」なんて見えを張っていると、人が来なくなってしまいます。散らかっていても「どうぞ」と招き入れ、「ごはんまだでしょ。一緒に食べない？」と声をかける。そういう気取らないつきあいを大切にしたいものです。

（2016・9・11）

できない時は他のやり方

寒さが厳しい時季です。毎朝、私は台所のカーテンを開けると、しばらく外を眺めます。庭のツバキやスイセンなどが、それぞれの場所を照らすように咲いているのを、飽きることなく見ています。

もう、気軽に外には出られなくなりましたが、家の中から、だんだんと聞こえてくる春の足音に耳をすませ、季節を楽しむようにしています。

一月に誕生日を迎え、九十九歳になりました。約百年間、私の体は一時も休まず、何とよく働いてくれたことかと、丈夫だった体に感謝しています。

九十七歳まで病気をしなかった私ですが、このところ、一週間か十日の予定で入院し、胸水を取ってもらったり、貧血の対応をしてもらったりということを、三カ月おきくらいに繰り返しています。

病院食を味わってみて、家庭料理の大切さを身にしみて感じました。めいや友人たちからの手料理の差し入れに助けられていますが、基本はやはり一人暮らしなので、自分で工夫して作りたいと思っています。

ただ、足の衰えのため、さっと買い物に行くことができません。大好きな白あえが食べたいと思っても、木綿豆腐もこんにゃくも買い置きがないときなど、簡単には作れなくなりました。台所での立ち仕事も、長い時間は、くたびれてしまいます。出来合いのものを買うことも増えました。

でも、家で作らなければ味わえない簡単なものが、自分で作れなくなるのは、つらいことです。

たとえば、千切り大根を炊き込んだ熱いごはんに、熱々の一番だしをかけて、白髪ネギ、針ショウガ、もみのりなどの薬味をのせて食べる私の「大根めし」。家でしか食べられない大好きなものは、何とか作り続けたいと思っています。

今までできたことが、今日はしんどくなる。年をとれば、よくあることです。そんなことを何度も経験するうちに、私は、できない自分を嘆くことをやめました。できないことは仕方がない。では、他にやりようがないかしら。そんなふうに考えるようにしています。

ビンのふたが固くて開けられなくなったときは、いろいろ考えて、両手にゴム手袋をはめてひねったら開けやすいことを見つけました。フライパンが重くて調理がつらくなったときは、サイズが小さくて軽いものに買い換えました。

年をとった今、時間はたっぷりあります。できることなら、時間がかかっても自分でやったほうがいい。体は、楽をすることを覚えてしまうと、どんどん楽な方へと流されてしまいます。年をとってからの能力は、使わなければ衰える一方です。

必要以上に無理をすることはありませんし、人に頼ることが必要な場合は、そうすればいい。そのうえで、少しくらいの不便さなら受け入れて、どうこなすか工夫を楽しむ方が、生きる張り合いが生まれるものです。私はこれを、老いて暮らしを楽しむための心構えにしています。

（2017・1・29）

楽しい仲間が元気のもと

春が来ると心が弾んで、うれしくなりますね。

私は二カ月ごとに一週間ほど、貧血の治療で入院する生活が続いています。体力の衰えを感じますが、年中行事であるゆべし（柚餅子）作りは、この冬も続けることができました。

ゆべしは、ユズの皮の器に練りみそを詰め、寒くて乾燥した冬の気候を利用して干したもの。昔の人の知恵が生んだ保存食です。私は五十年ほど前から毎年欠かさず作り続けています。

読者の方から「作ってみたい」とお便りをいただきますので、簡単に私の作り方を紹介します。

ユズの中身をくり抜いてユズ釜を作ります。八丁みそに、みりんと砂糖を加えてねっとりするまで練ったものを八分目ほど詰め、蒸し器で一時間ほど蒸します。冷ましてから和紙に包み、てるてる坊主のように軒下につるして一カ月ほど干したらできあがりです。

以前は、知人や友人の子どもたちが「作り方を覚えたいから」と手伝いに来てくれました。若い人には、暮らしの中の知恵や技術を受け継いでほしいと思いますが、「やってちょうだい」と押し付けたら、反発されてしまいます。それよりも、自分が楽しんで続けている姿を見て、興味を持ってもらいたいもの。知識や技術というのは、そんなふうに若い人

が自発的に関心をもって初めて、未来に続いていくのだと思います。

一月の誕生日は、わが家に久しぶりに「むれの会」の人たちが集まってくれて、にぎやかに過ごしました。

むれの会は、五十年ほど続けてきた勉強会です。月一回わが家に集まり、自分の関心のあるテーマで勉強したことを、それぞれが発表してきました。

もともとは、夫が「年をとると友人が少なくなる。ともに勉強する仲間がいるといい」と始めたものでした。自分が外に出かけられなくなったら、社会が遠くなって孤立する。だから社会の方から家に入ってきてもらおうと思ったのです。

勉強会のあとは、持ち寄った食材を使って当番の人がご飯を作り、食事会を開いていました。もう活動は終了しましたが、気のおけない仲間とおしゃべりしながらいただく食事は、本当に楽しいものでした。

人間関係は財産であり、元気のもとです。良い人間関係をもっていれば一人でも寂しくないし、充実した楽しい暮らしになります。

よく「友達ができない」とか「友達をつくるにはどうしたらいいのか」と聞かれることがあります。私は、友達はつくるものではなく、同じ価値観の人に出会えば、自然に友達になるものだと思っています。

それでも友達がほしいという人は、地域のサークルやボランティア活動などに参加してはどうでしょう。同じ目的で一緒に活動する中で、「この人とは気が合いそう」という人と時間を重ねていく。そういう人間関係は長続きすることが多いものです。好きな趣味を通じて仲間づくりをするのも、無理がなく、うまくいきやすいと思います。

（2017・4・9）

若い頃よりもよく見える

梅雨が明けると急に暑くなったりするので、体調に気をつけたいですね。

この季節に食べたいものの一つが、ゴーヤーです。以前は、あまり好きではなかったのですが、栄養が豊富で、暑い時期には、あの苦みがおいしく感じられます。薄く切って油でいためて、甘辛く味付けて食べるのが気に入っています。

「緑のカーテン」としても人気ですね。室内でも、ゴーヤーは長持ちするの

で、少し切って花びんなどに挿しておくと、きれいな緑に気持ちが安らぎます。実をかごなどに入れて飾っておくのも涼しげです。

少しの工夫で楽しみながら、暑い夏を乗り切りたいものです。

最近、アメリカに住む知人が、わが家を訪ねてきてくれました。亡くなった夫の友達の娘さんです。半月ほど滞在し、家の中の片付けなど、いろいろと助けてくれました。

彼女とは六十年ほどのつきあいになります。彼女が十代の頃に何年か、わが家で一緒に住んでいたことがあり、娘みたいにかわいがっていました。いまだに私のことを気にかけてくれて、私の具合が良くないと聞いて、手伝いに来てくれたのです。

今は二人とも全く違う生活をしていますが、久しぶりに会っても、一緒にいると、とても楽しい。気が合う人とのおつきあいは、大事にするものだなと思います。

私が今を幸せに生きていられるのは、親戚や友人、知人の支えがあってこそ。若い頃から続いてきたおつきあいのおかげで、豊かで楽しい暮らしを送っていられるのだと、日々実感しています。

これまで自分が過ごした時間に自信を持つことは、今の自分を大事にするためにも、とても大切なこと。家事や子育てや仕事など、自分がしてきたことに胸を張りましょうよ。やり残したことがあるなら、いくつになってもチャレンジすればいい。

何かにつけて「私はもう年だから」と言う人がいます。たしかに、年だからできないこともたくさんあります。目は少しずつ見えなくなるし、耳も聞こえなくなる。でも、年齢を重ねたことで、よく見えることもあります。心の目、心の耳で、身の回りのことも、世の中のことも、若い頃より見えるようになったと感じています。

私は、外に出る機会はほとんどなくなりましたが、世の中の動きや自分の気持ちに、常にアンテナを張るように心がけています。新聞を読んで驚いたこと、人と話して「なるほど」と思ったこと、外を見て感じたこと。毎日、なにかしらそういうことがあります。どうして驚いたのか、なぜそう思ったのか、改めて考えてみるのです。

せっかく生きているのだから、ボヤっとしていてはもったいない。よく見て、よく聞いて、よく考えて、残りの持ち時間を精いっぱい生きて、楽しもう。私はそう思っています。

（２０１７・７・９）

好きな物食べてすこやか

この季節、私の思い出の行事といえば「酉(とり)の市」です。十一月に神社で開かれるお祭りで、熊手などの縁起物を買い、一年の無事と来たる年の福、商売繁盛を願います。

私は「おとりさま」と呼んで、子どもの頃から毎年楽しみにしていました。お目当ては「切りざんしょう」を買ってもらうこと。山椒(さんしょう)が練り込まれた甘いおもちです。とてもおいしくて、自分でも作るようになりました。

お祭りの思い出は食べ物と結びついていて、暮らしの中の彩りとなっていました。そうした昔ながらの行事が、だんだんと忘れられていくのは寂しいものです。厳しい日常のあれこれをちょっと忘れて、ハレの日をパーッと楽しむ。そうした暮らしのメリハリを、大切にしたいですね。

来年（二〇一八年）の一月で百歳になります。先日、めいが零歳の自分の孫を連れてきたのですが、私のベッドの上にひょいっと寝かせて「零歳と百歳だ」って。みんなで笑ってしまいました。

自分が百歳になるなんて、なんだか考えられないですね。これまでの人生を振り返っても、長いも短いもない、意識しないうちにここまできちゃったという感じです。一生懸命働いて、忙しかったですね。

この年になるまで一人暮らしを続けて

こられた理由の一つは、健康だったこと。とはいえ、特別なことはしていません。食べることを大切にする、心をすこやかに保つ。このくらいです。食べたもので自分の体が作られるのですから、食は大切です。丈夫に生きていきたいと思えば、食べることを粗略にしないほうがいいと思います。

私は食べることが大好きで、自分の気持ちに正直に、食べたい物を食べてきました。と言っても、ぜいたくをしたり、暴飲暴食をしたりするのではなく、普通の食事をバランスよくとることを心がけてきました。

一人暮らしは不摂生になりがちですし、年をとると食が細くなったり、作るのが面倒になったりするものです。そんなときは無理をしないで、お総菜を買ってくるほうがいい時もあります。でも、それぱかりでは飽きてしまうもの。何か自分でも、簡単でおいしいものが作れるといいですね。

この季節、おすすめは鍋料理です。ぜひ「わが家流の鍋」を作ってください。一人で食べるのがつまらなければ、仲間と集まって一緒に食べる。一人用の小さい土鍋で、鍋焼きうどんを作るのもいいですね。心も体も温まります。

漬物づくりにも、今の時期は向いています。たとえば大根を塩漬けにして一~二日干してから、甘酒に漬ければ、おいしいべったら漬けができます。自分で作れば、塩分を控えたり、好みの味にしたりすることができます。

身近な食べ物がどうやって作られているのか、子どもたちにも伝えていきたいものですね。


（2017・10・29）

3章　風の色（1997〜98年）

女は食欲さえも

妹の家の近くに、おいしいうなぎ屋さんがある。ときどき、むしょうにその店のうなぎがたべたくなって、妹をさそってたべにいく。妹の家に出前もしてくれるのだが、おそばとにぎりずし、うなぎは、店にいってたべるに限ると私は思っているので、店で作りたてのうな重を味わいたい。

その店でよく有吉佐和子さんをお見かけした。有吉さんのお宅とその店は、近いといえば近いが、歩けばかなりの道のりだ。車でうなぎ屋さんまでくるのかしら、有吉さんもうなぎ好きなのだろうか、などと、とりとめのないことを考えていたのを思い出す。

つい数日前にもその店に出かけたが、その日は有吉さんを思い出すより、もう一人の人の言葉を思い出した。さる旧家の、九十歳をすぎたご隠居様のいったことだった。お年寄りの話をきく、ということでお訪ねしたのだが、こちらも若くないので、すっかり話がはずんだ。私が、何かのことから「急にたべたくなるものがありますよね。私なんか、カツ丼とか、うな丼みたいなものが、突然たべたくなると、どうしてもたべないと落ちつかないんです」と話したら、「今はいい時代ですね、私の若いころは、女がうなぎだの牛肉がたべたいなんていえば、そういう嫁は身代をつぶすといわれましたよ。私もうなぎは好きです」と話してくれたのを思い出したのだった。

昔の日本の女は、食欲まで制限されていたのかと、あらためて考えさせられた。

（1997・4・13）

姿を変えゆく町

私の住む東京杉並区の商店街にも、このごろ、つづけて薬屋さんが店開きした。それも安売りで有名なチェーン店である。

はじめ、薬屋さんがこんなに増えるのは、それだけからだの不調を感じている人が多いのだろうと思っていたが、よく店を見ると、共通していることがあるのに気がついた。

店の前の道路にまで品物を置いて、投げ売りの感じを出し、値引きしていることや、化粧品はもちろん、洗剤もお菓子もと、たしかに安売りだと納得させられるのだ。現金仕入れで、思いきり値をたたくのだときいているが、さもありなんと思う。それにしても、歩いて十分間くらいの商店街に九軒も薬の店があるのは異常ではないのかと考えてしまう。

コンビニが増えたのも、本当にあっという間のことである。そして、こういう店が増えるのと時を合わせるように昔ながらの小売店が姿を消した。コンビニには、おにぎりやおでんのようなものから、祝儀不祝儀のお包袋までおいてある。日常生活にすぐ必要なものが要領よく取りそろえられている。どこの品という銘柄えらびさえしなければ、たいていのものは間に合うということだろう。

こういう便利な店の進出で、町はすっかり姿を変えた。コツコツとくつ修理をつづけていたおじさんの店、店の奥で人形焼を焼いていた店、揚げたてコロッケを売っていた肉屋さん、みんな小さなあきないを大切にしていた店だった。姿を消したこんな店がなつかしい。

（1997・5・11）

脳死について

一番下の妹が亡くなった。六人きょうだいが七十代に入るまで誰も欠けなかったのは、本当にしあわせだったのだと改めて思った。

若いとき結核にかかり、当時はそれが一番確実な治療法といわれていた整形手術を受けた妹は、すっかり元気になってよく働いた。私の仕事の助手をしてくれたり好きな帽子づくりに熱中したり、いつも明るく生きていた。結核で入院中にはじめの夫と離婚、よくあることとはいえ、妹にはつらい体験であったと思う。それをきれいに過去のこととして、自分を生かしてきたのは、妹ながら立派なものだと私は思ってきた。

その後しあわせな再婚をして、私たちきょうだいはみんな喜んでいた。妹が倒れたとの知らせを受けて、かけつけた病院で見た妹の姿は、自分の力では呼吸することのできない状態で、意識はもどっていたが言葉を失っていた。たまたま、国会では脳死の問題が議論されていて、マスコミは毎日脳死をどう考えるかをとりあげていた。

実は私は、自分のことなら脳死を私の死とすることに賛成なので、「まあ、年をとった私の臓器は人さまのお役には立たないけど」などと冗談をいっていた。

しかし、ベッドにいる妹の手を握ればあたたかい。もし妹に意識がない場合でも、脳死として扱ってくれとは私にはいえないと思ったのだ。妹は私に、ぎりぎりのところでそれを考えさせてくれたと私は思った。

（1997・6・8）

たかが髪の色だが

私は自分の子は持たなかったが、おいやめいたちとのしたしいつきあいがあり、今は孫のようなその子どもたちとのつきあいがたのしい。若い子たちの話をきくのも面白いし、そこから今の教育の問題とか、学校の先生の質ということなども考えさせられるので、私にとっては若い人のことを考える情報源でもある。

先日も、めいに会ったら、高一の女の子のことで先生に呼び出されて、けんかをしてきたといっていた。

めいの娘は、生れつき髪が少し赤っぽいのだが、そのことで先生から職員室に呼ばれ、「お前は髪を染めているが、この学校の生徒としては困った存在だ」といわれたのだそうだ。女の子は、「染めてなんかいません」といったが、自分の髪の色が学校に不似合だなどといわれたことが口惜しくて、泣いてしまったという。

母親が呼び出されて、あの子の生れつきの髪の色だといったら、それなら、みんなと同じように黒く染めろといわれ、けんかをしたというわけである。

子どもだらしないと思うが、いったいその先生は何を考えているのだろうと、私はおどろいた。結構つっぱりやのように私には見えていた女の子も、その程度のことで泣くだけというのでは頼りない。堂々といい張って、何もかも同じでなければいけないという教育のあり方に、疑問くらい持ってほしかった。

それにしても先生の質を考えさせられる話であった。

（1997・7・6）

世界老人給食の日

「九月第一水曜日は世界老人給食の日」。こんなポスターが全国老人給食協力会ふきのとうから送られてきた。

代表の平野真佐子さんを中心に、地域の年老いた人への給食サービスの輪が、各地にひろがっていることは、すでにご存じの方も多いと思うが、高齢社会の到来に、女性たちはいち早く、老いて心身の弱った人を支える具体的な策として、いのちを支える給食サービスのボランティア活動をはじめたのだった。

住みなれた地域で、できる限り自立して暮らしたい老人に、手を貸す仕事はいろいろあるが、まずはバランスよくたべて健康を保つことが考えられなければ自立は不可能になる。ふきのとうは、そこから出発して、今は活動の幅も広がっている。この夏には二回目のオーストラリア住民参加型食事サービス関係者との、シンポジウムも主催している。

送られてきたポスターは、いつもお金の足りないところをみんなで何とかしていこうという会だから、ポスターといっても一枚のビラである。これを自分でコピーして、関係あるところへ配布してほしいというわけである。

遠大な計画のようだが、平野さんはよくいっている、活動をつづけていくために必要な拠点、担い手、資金の確保のむつかしさを。それでも、国の内外のどんな地域でも、そこに住む老人たちが、在宅で暮らしつづけることを願っての「世界老人給食の日」の周知に、私も二役も三役も買って出たいと思った。

（1997・8・3）

稲の花の季節

いま、私の庭に鉢植えで作っている稲が、白い花をつけている。小さな花は開いている時間が短いから、白い花穂が出ると、たのしみにしていてちょいちょい見にいく。

いつも世話になっている大工さんが、故郷の新潟から毎年もってきてくれる苗を、大事に育てているだけなのだが、ささやかながらわが家産のお米がとれるからたのしい。

私は町育ちだから、お米も野菜もどんなふうに作られるのかを知らなかった。小学校の先生が、「日本にはよく台風がくるが、ちょうど稲の花の時期に大きなあらしがくると被害をうけて、お百姓さんは大変なのだ」と、二百十日の話をしてくれたことがあったが、きいていた私は、稲の花ってどんな花なのかな、と思っただけでよくわからなかった。お米の国日本といっても、私のような日本人はまだまだいるにちがいない。

食にかかわる仕事をするようになって、ようやく私も、稲がどう育つのか、野菜はどう作るのかと、実際に自分でたしかめたくなって、小さな庭に野菜づくりの場や、鉢植えでも稲が作ってみたいと思うようになった。かつての戦争中、カボチャを作り、サツマイモやジャガイモを作り、菜っぱやインゲン豆を作って飢えをしのいだのに、いやなことは一日も早く忘れたくて、野菜作りもしなくなっていた。ここ数年、自分で納得のいくものがたべたくて、野菜づくりにも身が入っている。

（1997・4・13）

バス停での会話

バス停に並んでいたら、うしろで話し声がした。振り返ってみると七十代とみえる女性二人であった。

「ねえ、このごろお医者さんにいったことある?」

「かかりつけのお医者にはいっているけれど、ぜんそくの薬をもらいにね」

「何か感じたことない?」

「そういえば、待合室がすいているなと思ったけれど」

「それ、それなのよ。ねえ、薬代を払うようになったら、急にお医者通いをやめる人が多いんじゃないの」

えっ？　と私は急に二人の話に興味を感じてきき耳をたてた。こういうところで耳にする話は、世相を感じさせてくれることが多いからで、街は私の勉強の場でもある。

五百円の薬代で、すぐ生活を変える人たちがいる。消費税が五パーセントになったとたんに「ヨーグルトを節約」という食事になった、子育て盛りの家庭もある。

こういうことが、すぐ家計にひびく生活者が一番困るような、冷たい行政のあり方にはいつも腹をたてるが、その声がとどかないところで公共料金などの値上げは考えられていくのだろうか。

たべもの以外、このごろ私はほとんど買い物をしていないが、買い物をひかえる人が多くなれば、また困った問題が多くなる。いやなことばかりが目につくと、人生投げやりになる人も増える。それが一番おそろしい。

（1997・9・28）

庭の生きものたち

いま、わが家の庭には、ホトトギスとミズヒキが、名残の花を精いっぱいに咲かせている。青紫蘇(あおじそ)の葉は枯れかかっているが、穂を塩漬けにしたいので、まだ引き抜かずにおいてある。庭じゅうにはびこったミントが、半分は枯れているが、やはりまだ青々としているものもある。急に秋がきたせいか、手入れのゆきとどかない庭は、まだ夏が去りきれず秋と同居している。

落ち葉は腐葉土を作るために庭のすみに積み上げたり、積もるままにしてあるが、そろそろ土にすき込んで青菜のタネをまかなければならないと思い、ちょっと落ち葉の山を掘り返してみたら、ガマガエルが眠っていた。私の方がびっくりして、思わず「ごめんなさい」と小さく叫んで落ち葉をかぶせた。

うちの庭には草や木ばかりでなく、ヘビもガマも住みついている。夏は庭のあちこちに出没する。

今年の夏は面白かった。庭の水場に古いボウルをバケツ代わりに置いてあるが、夜になっても暑さが去らないとき、ふっと水場を見たら、ガマガエルが二本の足をボウルのふちにのせ、ちょうどふろにでもつかっているような姿でじっとしていた。それから、何度かそんなガマガエルを見た。

私が何ひとつ世話をしなくても、こういう生きものたちは、わが家の庭を住み家として元気に生きている。鉢植えの豪華な花は、こういう庭の住人たちに比べて、何とも弱々しい。


（1997・10・26）

女とお墓

妻は初婚だったが、夫は二年間だけの結婚生活で死別した先妻があった。晩年までともに暮らした二度目の妻は、ひそかに自分の産んだ娘に頼んでいたことがあった。

「私が死んだら、お父さんとは別のお墓に入れてほしいの。私はね、お父さんと前の奥さんが一緒に入っているお墓に入っていくなんて絶対にいやなの」

そんなことだったと、私は娘さんである人からきいたのだが、娘といっても六十歳に近いはずだ。だいぶ前の話であった。

最近、女と墓の問題がいろいろ議論されているが、「何々家の墓」なんてところに入って、死んでまでしゅうとめといっしょなんてまっぴらだという人、「さんざ勝手なことをしておいて、最後は病気で世話をやかせて死んだ亭主と、またいっしょの墓に入るなんて、かんべんしてもらいたいわ」という声もきく。

こんなことが大っぴらにいえるようになったのは、まだまだごく最近のこと。結婚したら夫の家の墓に入るのは当然とだれもが考えていたからだ。墓には日本の「家」のイメージが色濃く出ているから、女にとっては、それを引きずるのがいやなのだ。

しかし私は、死んだら何もかも消えてしまうと思っているから、墓場まで生きていたときのことを持ち込む必要はないと思っている。

ちなみに、はじめに書いた老妻の願いはかなえられなかった。「母さん、死ぬまで嫉妬（しっと）していたのね。でも死んだら負け。墓地を買うのは高いものね」と、娘はいっていた。

（1997・11・23）

おいしく食べる幸せ

年の瀬とは、どうしてこうあわただしくなるのだろう。一人ぐらしの私でさえ、外出も多くなるし、家事も結構いそがしい。何もしなくても、文句をいう家族はいないのだし、お正月は寝正月をきめこんでもいいのだが、意地なのか、見えなのか、料理も作りたい、それに自分の年中行事ときめている「柚(ゆ)べし」作りもしなければと、仕事の間にも、ひょいと「漬物石をひとつへらしてもいい時期かな」とか「そうだ、柚べしの八丁みそを用意しておかなければ」などと考える。集中力がないことおびただしい。

そんな中で、ああ、ぜいたくだなと、自分をしあわせに感じるのは、おいしい炊き込みごはんを作ったときだ。

今はちょうど、ごはんものがおいしい。おいしいごはんがあれば、作りおきのきくお煮しめや、うす味のめざし、到来物の小魚のささ漬けなどを少しずつ皿に盛り、あつあつのごはんでゆたかな食事ができる。白菜の浅漬けも一株ずつ漬けてある。

ぎんなんを散らしたヒスイめし、大根の葉だけを使った大根菜めし、一塩鮭をまぜた鮭ごはん、新ごぼうのささがきと鳥のひき肉をいり煮にして混ぜ込んだ鳥めし、などなど、そして、さつまいもの炊き込みもいい。

どこにもある材料だし、誰にも味わえるものだけれど、それを作れることと、おいしくたべられる健康な食欲のあることを、しあわせだと思う。おいしくたべられるぜいたくを味わえるからだ。


（1997・12・21）

ある風景から

年の瀬もおしつまってから、今では若ものの街といわれている吉祥寺にいった。私にしては、朝の早い時間の仕事で、まだ銀行も郵便局も始業前だった。夜のにぎやかな街しか知らなかったので、早朝の街の顔が珍しく、私はキョロキョロしながら歩いていた。

意外に思ったのは、老人夫婦が私の前にも後にも何組か歩いていることで、朝の散歩なのだろうかとか、買い物にしては時間が早すぎるのに、などと勝手な想像をしていたが、ある風景にはっとして足をとめてしまった。

私の前を歩いているような老夫婦や、中年の女性たちが列をつくっている。

何事かと、ビルの上を見上げたら、あの倒産した証券会社の看板が見えた。

あの人たちは、どういう種類の投資をしていたのだろう。預金の利子は小遣いにも満たない額になって、あせったのかもしれない。とらの子の老後資金を、銀行におくよりは、少しでもいい条件のものにと、何かに替えていたのかもしれない。そんなことを考えていたら、列を作っている人のそばを通るのもはばかられ、道をそれてしまった。

こんな時代をつくったのは日本という国なのだから、私は、もし食べることにも事欠くようになったら、堂々と国に面倒をみてもらうつもりだ。税金もきちんと納め、一応の蓄えもしてきたその生活設計をめちゃめちゃにした国の責任は大きいはずだ。高度成長時代のすそ野を支えてきたのも、いま年寄りといわれる私たちの世代であることを忘れてもらっては困る。

（１９９８・１・25）

恥ずかしい　あかぎれ

こんなことを書くと笑われそうだが、いま私は、あかぎれで困っている。経験のない方にはわからないだろうが、ちょっと何かにぶつけても飛び上がるほど痛い。両手の親指の、爪のきわにパクッと切れめができて、水仕事をしたり、手先に力を入れなければならないときがつらい。たとえば、ヨーグルトの、ぴたりとはりつけられたキャップをとるときなど、指先に力が入ると、せっかくふさがりかけていた傷口が、またあいてしまって血がにじんだりする。

私の子どものころは、赤いほっぺたにヒビがきれたり、耳や手足にしもやけのできた子は、冬の風物詩のようなもので、決して珍しくなかった。栄養状態がよくなり、寒い風に吹かれて外遊びをするような子もいないこのごろは、そんな子どもを見かけない。はなをたらした子もいなくなった。

そんな中でおとなの私が、毎年あかぎれを作って痛がっているのは恥ずかしい。台所仕事のあとや、ぞうきんをすすいだあとなどに、すぐハンドクリームをつけるか、炊事手袋をすればいいのに、つい「いちいち手袋なんかしていられない」とか「また、すぐ水仕事をするのだから」と、防げば防げるあかぎれを作ってしまう。

手が荒れているのは働きものの証拠だったのはむかしのこと。防げば防げることを、あえてなまけている痛みなのだと、私は自分のあかぎれに語りかける。自分のからだを守るのは自分なのだから、あかぎれなんか作ってはいられないのだが。


（1998・2・22）

生きた土があれば

今年のお正月、おぞう煮に入れたセリの根を土に埋めておいたのが、かわいい新芽を出した。茶わんむしの青みに使ったら、とてもいい香りだった。根がついている野菜を買うと、根だけは土に埋めておく私のうちの庭には、あちこちにたべられる青いものが出てくれるので、一人の食事には、汁の実の青みに不自由はしない。

このごろは、根のついた青菜類など、めったにないので、根つきのセリやミツバを見ると、つい買ってしまう。万能ネギは少し根がついているので、やはり根を埋めておくと、チャイブのような細い芽を出す。これはオムレツに入れるとおいしいので、鉢に寄せ植えのようにびっしりと埋める。三回くらい芽をたべられる。

自然にまかせてあった庭を、昨年の暮れに便利屋さんをたのんで掃除してもらったので、この春はさっぱりとした庭がうれしいが、蕗(ふき)のとうが出なかった。蕗もいっしょに抜かれたのだろう。また、どこかでもらってきて蕗を作っておこう。

たべものに季節感がなくなったという嘆きはよくきくが、少しでも土があれば、そこにはたしかな季節を感じさせるものがある。たとえ植木鉢でも、自然の風や雨にさらされるところで土が生きていれば、思いがけず、ハコベやヨモギなど、そこになかったはずのものが芽を出して、春を告げてくれたりもする。その点、植物たちはたのもしい強さをもっている。

（1998・3・22）

吉沢久子（よしざわ　ひさこ）
1918年、東京生まれ。東京栄養学院、文化学院文科に学ぶ。評論家の古谷綱武氏と結婚。生活評論家として、食生活や家庭生活について生活者目線で考え、執筆や講演などの活動をおこなう。心豊かな老年のひとり暮らしを楽しむ生き方や老いじたくについての著書を多数発表し、共感が寄せられている。
著書に『家事レポート50年』（新潟日報事業社）、『いきいき96歳！　ひとり暮らしの妙味』（新日本出版社）、『96歳いまがいちばん幸せ』（大和書房）、『八十八歳と八十五歳。ひとりを楽しむ手紙友達、食べ友達』（清川妙さんとの共著、海竜社）、『老いてしあわせ』（河出書房新社）、『ていねいな暮らし』（清流出版）、『心ゆたかな四季ごよみ』（集英社）、など多数。

楽(たの)しく百歳(ひゃくさい)、元気(げんき)のコツ

2018年9月25日　初　版

著　者　吉沢久子
発行者　田所　稔

郵便番号　151-0051　東京都渋谷区千駄ヶ谷4-25-6
発行所　株式会社　新日本出版社
電話　03（3423）8402（営業）
03（3423）9323（編集）
info@shinnihon-net.co.jp
www.shinnihon-net.co.jp
振替番号　00130-0-13681
印刷　光陽メディア　　製本　小泉製本

落丁・乱丁がありましたらおとりかえいたします。

ISBN978-4-406-06282-4 C0095　Printed in Japan